novum pocket

Nicole Ottersberg

Mein Herz, meine Seele – alles drin

Gedichte

novum pocket

Bibliografische Information
der Deutschen Nationalbibliothek:

Die Deutsche Nationalbibliothek
verzeichnet diese Publikation in der
Deutschen Nationalbibliografie.
Detaillierte bibliografische Daten
sind im Internet über
http://www.d-nb.de abrufbar.

Alle Rechte der Verbreitung, auch
durch Film, Funk und Fernsehen, fotomechanische Wiedergabe, Tonträger, elektronische
Datenträger und auszugsweisen
Nachdruck, sind vorbehalten.

Gedruckt in der Europäischen Union
auf umweltfreundlichem, chlor- und
säurefrei gebleichtem Papier.

© 2023 novum Verlag

ISBN 978-3-903468-07-8
Umschlagfoto: Francesca Mucedola
Umschlaggestaltung, Layout & Satz:
novum Verlag
Innenabbildungen:
Francesca Mucedola,
Nicole Ottersberg

www.novumverlag.com

Inhaltsverzeichnis

Virus – Freund oder Feind? 6
Sternschnuppe 8
So wie ich bin 10
Schwarzes Loch 12
Meine Kinder 14
Mein Kampf gegen mich selbst 16
Mein Herz schreit nach Liebe 18
Krebs hat viele Gesichter 20
Kontakt 22
Kids 24
Ich bin allein auf dieser Welt 26
Meine Liebe 28
Fühl die Liebe 30
Hassliebe 32
Es war Liebe 36
Gottvertrauen 38
Ich wäre so gern normal für dich 40
Eine Löwin mit Herz 42
Loslassen 44
Opfer 46
Zerrissen 48
Gewissen 50
Leben 52
Egoisten 54
Steine 56

Virus – Freund oder Feind?

Die Erde braucht eine Pause
Wir Menschen bleiben jetzt mal zuhause.
Mama Terra braucht frische Luft –
Die Blumen wachsen mit neuem Duft.
Das Meerwasser ist wieder sauber
und leuchtet im Farbenzauber.
Die Tiere kommen zurück –
Das ist für die Natur ein wahres Glück.
Wir Menschen sind achtlos geworden – jetzt müssen
wir uns gegenseitig umsorgen.
Wir Menschen sind Egoisten und
entwickeln uns zu Sadisten.
Keiner schaut für den anderen,
sondern nur für sich selbst.
Alles andere ist hintangestellt.
Jetzt aber schauen wir für die
ältere Generation – doch brauchte
es erst eine Virus-Eskalation!

Unsere Kinder erleben eine Isolation –
Schulen und Kitas sind geschlossen.
Sie lassen sich nicht unterkriegen und
sind wild dazu entschlossen.
Auch ich gehe draußen spazieren,
genieße die Natur
Hinterlasse nur im Gras meine Spur.
Die Sonne scheint warm herab
und läutet den Frühling ein.

Lassen wir die Gedanken schweifen
und die Chance ergreifen.
Auf einen Neubeginn: denn letztendlich
macht alles einen Sinn.

Sternschnuppe

Da ist etwas, was fehlt in meinem Leben.
Durch mein Herz rollt ein Beben.
Das bist du –
Ich komme nicht zur Ruh.
Ich denke nicht 24 Stunden darüber nach
Und doch hält es mich öfter wach.
Warum habe ich dich gehen lassen?
Ich werde mich immer dafür hassen.
In meinem Unterbewusstsein bist du immer da.
In alltäglichen Gedanken bist du rar.
Meine Schuldgefühle lassen es nicht zu –
Gedanken daran sind tabu.
Und doch bist du mir immer ganz nah
In meinem Herzen bist du – ja.
Das Bild vom Abgang im Krankenhaus –
Sie sind mir bis heute ein Graus.

Ich hoffe, du kannst mir verzeihen
mein kleiner Stern.
Du bist so nah und doch so fern.
Ich liebe dich von Herzen.
Meiner Seele bereitet es starke Schmerzen.
Ich versuche loszulassen
Und möchte diese Zeilen für dich verfassen.
Eines wirst du immer sein –
Mein leuchtender Stern
Lieblich und rein.

So wie ich bin

So wie ich bin
Pass ich niemanden
So wie ich bin
Stört sich jeder dran
Weil ich sage, was ich denke.
Da kommt nicht jeder mit klar.
Ich habe ein großes Herz,
doch darin ist viel Schmerz.
Trotzdem liebe ich das Leben
Ist es auch nicht immer ein Segen.
Ich bin ein Rebell
Explodiere schnell.
Doch wenn ich jemanden mag
Kann er 1000 % auf mich zählen.
Kann mir genauso gut vertrauen
Darauf kann jeder bauen.
Ich hasse Ungerechtigkeit, Arroganz und Bosheit
Das bezahle ich oft mit Einsamkeit.
Es gibt aber auch Menschen, die mich verstehen –
Die ihren Weg mit mir gehen.

Meine Familie ist zwiegespalten.
Das Verständnis für mich eher verhalten.
Die Frage ist, muss ich mich ändern oder die anderen?
Die Antwort ist einfach – ich!
Dann zieht auch meine Umwelt mit.
Leicht gesagt, schwergetan.
Hoffentlich habe ich noch nicht alle Chancen vertan.
Ich muss es versuchen – ich möchte einmal dastehen;
Das Gefühl haben – wow, das bin ich –
Ich sehe super aus, bin begehrenswert und toll.
Denn das Mass mit Selbstmitleid ist voll.
Ich will raus und mich selbst lieben.
Mit Saus und Braus und nichts mehr verschieben.
Wer weiß, wann unsere Zeit gekommen ist.
Gestalten wir sie bis dahin mit Liebe,
Freude und Harmonie.
Die Frage ist, wie??!!!

Schwarzes Loch

Da lag ich
In einem Bett im Krankenhaus.
Ich wollte einfach nur raus.
Ich schaute an mir herunter – trug ich was darunter?
T-Shirt und einen Slip
Was war los, was war geschehen?
Mein Kopf pochte; ich fühlte mich schlecht
Was war falsch, was war echt?
Vage Erinnerungen kamen auf...

Wir waren im Zimmer, tranken Gin Tonic
Lagen auf meinem Bett – er und ich
Dann war da nichts mehr
Alles dunkel, ein schwarzes Loch
Was erwartete mich noch?

Gefunden wurde ich mit einer Alkoholvergiftung, hohem Blutverlust und nichts an.
Sie schoben mich in einem anderen Raum –
Es war alles wie in einem Traum.

Ob ich Jungfrau sei?
Was sollte diese Frage?
Es tönte wie eine Anklage.
Bis zum heutigen Tag war ich eine – jetzt bin keine.
Meine Ehre wurde mir gewaltsam genommen
Ich fühlte mich total benommen.

Die Pille danach –
Es war eine große Schmach.
Es war nicht real – nicht echt.
Wer beging dieses große Unrecht?

Nur ein Mann kam in Frage –
das war eine große Anklage.
Er schwor unter Tränen – er hätte nichts getan
Ich musste diese Last tragen –
was sollte ich dazu sagen?

Meine Erinnerung kam bis jetzt nicht wieder –
ich frage mich, was ist mir lieber?
Wissen oder Unwissen?
Ich will gerne meine Gedanken splissen.
Das Dunkel vergeht einfach nicht –
Kommt die Wahrheit je ans Licht?

Meine Kinder

Unser Kind ist geboren
Es ist schrumpelig, blutverschmiert und
ganz klein – und doch wunderschön.
Staunende Augen blicken uns an –
winzige Hände legen sich in unsere.
Eingekuschelt in einer warmen
Decke liegst du jetzt nah bei mir.
Ich spüre deinem Atem; ganz ruhig und leise.
Tränen kullern auf deine kleine Wange –
du schaust mich ganz verwundert an.

Klein und unschuldig tapst du umher
Mama und Papa kannst du sagen
und du hast so viele Fragen.
Du entdeckst die Welt voller Wunder.
Kinderaugen sehen und staunen.
Kinder leben ihre Gefühle –
verstecken sie nicht.

Wenn sie uns brauchen, zeigen sie das.
Wenn sie was stört, schreien sie es heraus.
Wenn sie traurig sind, weinen sie
Wenn sie Nähe suchen,
strecken sie ihre Arme nach uns aus
Und das schönste ist, wenn ein Kind
dich umarmt – fühlt sich das echt an –
Es fühlt sich nach Liebe an.

Mein Kampf gegen mich selbst

Ich fighte jeden Tag
Gegen böse Geister,
die Dämonen in mir

Alle zerren an mir und
flüstern mir ins Ohr:
Wer bist du denn?
Du bist hässlich
Du bist dumm
Du bist ängstlich
Du bist nichts

Ich schreie «STOP»
Ich bin gut so wie ich bin
Ich atme, ich liebe, ich gebe
Ich bin gut so wie ich bin.

Ich schenke Menschen ein Lächeln
Ich schenke ihnen Gehör –
Was ist so schlecht daran?

Ich schreie meine Wut heraus
Ich rebelliere gegen Unrecht
Ich weine, wenn ich traurig bin

Ich bin gut so wie ich bin
Ich atme, ich liebe, ich gebe
Ich bin gut so wie ich bin

Mein Herz schreit nach Liebe

Jeden Tag steh ich auf
und suche die Liebe in unserem Haus
Aber ich höre nur Streiterei und
schreie selbst meine Wut heraus.

Keiner hört mich
Da sind sie wieder – die Schreie –
sie verstummen einfach nicht
Sie sind überall
In meinem Herzen
In meinem Kopf
In meiner Seele
In meiner Stimme

Mein Herz schreit nach Liebe – hört es jemand?
Mein Herz weint –
warum tröstet mich jemand?
Mein Herz ist geteilt –
wann wird es wieder ganz?

Innerlich weine ich jeden Tag
Äußerlich strahle ich und lüge alle an
Ich muss stark sein

Das Handy lacht mich höhnisch an
Jeden Tag raubt es mir Kommunikation
Jeden Tag raubt es mir Nerven
Jeden Tag raubt es mir meine Kinder

Sie sind überall
In meinem Herzen
In meinem Kopf
In meiner Seele
In meiner Stimme

Ich schaue in die Augen meiner Kinder
Da ist viel Liebe drin
Ich spüre ihre Arme um mich
Da ist viel Wärme drin
Ich sehe sie an und sehe mein Herz – was lacht

Krebs hat viele Gesichter

Auf einmal war er da.
Der Tumor in deinem Bauch
Metastasen im ganzen Körper
Es gab keine Hoffnung mehr –
Das war nicht fair.
Warum du?

Warum ließ der liebe Gott das zu?
Dein Leidensweg war furchtbar –
Ein körperlicher Zerfall in kurzer Zeit.
Es stürzte mich in große Traurigkeit.
Der Krebs nahm dir immer mehr –
Ich verzweifelte sehr.
Du warst doch meine geliebte Oma.
Du warst dünn auf einmal
Dein Gesicht gezeichnet.
Dein Bauch war aufgedunsen –
Du konntest nur schwer atmen.
Der Krebs drückte auf alle Organe –
Es war unerträglich für dich
Und schwer für mich.
Dich so zu sehen, so viel Leid,
so viele Schmerzen –
Das steckt immer noch in meinem Herzen.
Ich verbrachte die letzten
Stunden an deiner Seite.

Ich hörte das Rasseln in deinem Atem
Das tiefe Schnaufen –
Es war zum Davonlaufen.
Doch ich rührte mich nicht –
Tränen liefen über mein Gesicht.
Wir alle beteten um Erlösung für dich –
bitte lieber Gott, erhöre mich.
Am frühen Morgen ließ ich dich kurz allein –
5 Minuten vielleicht.
In dieser Zeit bist du gegangen; ohne ein Wort –
An einen für dich besseren Ort.
Ich konnte es nicht fassen –
ich hatte sie allein gelassen.
Doch alles hat seinen Sinn – sie wollte nicht,
dass ich an ihrer Seite bin.
Sie hat entschieden, genau dann zu gehen.
Ihre Gesichtszüge warn friedlich und fein
Von allem schlechten befreit und rein.
Das war ein Trost für mich –
Oma Helga, ich liebe dich.
Du bist von uns gegangen –
bist nicht mehr in deinem Körper gefangen.
Jetzt sitzt du da oben auf deinem Stern –
und siehst uns von ganz fern.

Kontakt

Ich stehe an einer Kreuzung –
ich finde meine Mitte nicht.
Welchen Weg soll ich gehen?
Welche Saat soll ich säen?

Was soll ich machen?
Lauter verrückte Sachen,
genießen in vollen Zügen
ohne irgendwelche Rügen.
Liebe geben, nicht nur nehmen.

Schon als Kind habe ich rebelliert,
wurde von allen abserviert.
Auch heute verteile ich hart,
bin zu niemanden zart.

Ruhe und Güte im Herzen – das wünsche ich mir
Im Jetzt und Hier.
Mein inneres Kind soll endlich strahlen,
das Böse um mich herum bezahlen.

Ich muss lernen, mich selbst zu lieben,
ohne mich zu verbiegen.
Dann finde ich die richtigen Worte und
es öffnet sich sicher eine Pforte.

Kids

Meine Kinder sind mein Herz –
Sie bereiten mir aber auch viel Schmerz.
Playstation ist super – Handy noch viel besser
Chatten und gamen mit Freunden ist toll –
Jeder benimmt sich wie ein Proll.

Regeln sind zum Brechen da –
sie sind spießig; ist doch klar.
Social Media ersetzt Natur und Geist –
Das finde ich schon lange dreist.

Influencer und Follower sind heute wichtig –
Alles andere ist null und nichtig.
Ich vermisse meine Kinder sehr –
ich verstehe sie nicht mehr.
Wir reden aneinander vorbei.
Ihre Gedanken sind schon wieder beim nächsten
Spiel – das wird mir alles zu viel.
«Langweilig» ist das meistgebrauchte Wort –
ist denn all ihre Fantasie fort?
Ich möchte doch nur etwas gemeinsame Zeit – ohne
Streit und Gehässigkeit.
Sollte ich mehr Verständnis haben?
In ihrer Welt mich bewegen?
Ich wehre mich dagegen!

Genau das führt zu Konflikten und Streit;
Schlechte Laune macht sich breit.
Ich liebe euch total –
Euch und eure Liebe zu verlieren, wäre fatal.
Akzeptieren und Loslassen
heißt die Zauberformel –
Doch das ist leicht gesagt.
Kommt ihr doch und fragt jeden Tag.
Wenn ich es verbiete
Bin ich in euren Augen als Mutter eine Niete.
Die Tränen fließen vor Wut –
Standhaft zu bleiben, erfordert Mut.
Auf beiden Seiten ist der Zorn groß
und es fallen hässliche Worte.
Social Media hat zwei Seiten –
Es bietet Spaß, Information und
viele Möglichkeiten
Doch Liebe, Geborgenheit und
Kommunikation stehen hinten an.
Wann sind diese Werte wieder wichtig?
Irgendwas läuft in dieser Welt nicht richtig.
Kinder, können wir etwas machen und
dabei einfach herzlich lachen?
Das wäre mein größter Wunsch.

Ich bin allein auf dieser Welt

Ich bin geboren und war das
Wunder meiner Eltern.
Sie schauten mich mit Freude an.
Heute senken sie den Blick.
Eltern begleiten ihre Kinder Tag und Nacht –
Mein Vater zog es vor, auf Montage zu gehen.
Meine Mutter war da;
doch sie verstand mich nicht.

Geschwister gibt es keine –
ich bin allein auf dieser Welt.
Einsam sitze ich in meinem Zimmer
und spreche mit mir selbst.

Warum bin so allein?

Wir hatten ein Eigenheim mit Garten
Ich liebte es – meine ersten
Lebensjahre verbrachte ich dort.
Auf einmal war es fort –
verkauft – ohne ein Wort.
Ich weinte bittere Tränen und
hasste meine Eltern dafür.

Ich bin allein auf dieser Welt
Einsam sitze ich in meinem Zimmer
und spreche mit mir selbst.

Gute Freunde zogen in die Ferne
Warum denn nur?
Lasst mich nicht allein.
Der Krebs besiegte meine Großmutter
Die Altersschwäche meinen Hund
Mein treuster Begleiter war nicht mehr da –
Warum lasst ihr mich alle allein?

Ich fühle mich allein auf dieser Welt
Einsam sitze ich in meinem Zimmer
und spreche mit mir selbst.
Überall verstreut auf der Welt
gibt es Menschen, denen ich wichtig bin
Und das gibt dem Leben einen positiven Sinn –
nicht immer sitze ich allein
und sprich mit mir selbst.

Meine Liebe

Ich wollte mit dir durch die Welt tanzen
Du warst alles für mich – aber ich nicht für dich.
Mein Herz klopfte, wenn ich dich sah –
doch es endete im Eklat.
Ich liebte es, dich anzuschauen, neben dir zu liegen –
ich frage mich, was wird siegen?
Die Liebe oder die Wut auf Dich?
Es versetzt mir jedesmal einen Stich.
Ich wollte mit dir durch die Welt tanzen –
Glücklich und frei
Doch du diskutierst lieber bis ins Detail.
Berge versetzen und Träume leben,
auf Wolke 7 schweben doch du hast allen
anderen den Vorrang gegeben.
Ich wollte soviel mehr für dich und mich,
soviel mehr.
Wir hassen und wir lieben uns.
Welche Seite hat mehr Macht?
Gefühle aller Art wurden entfacht.
Ich wollte mit dir durch die Welt tanzen
Du warst alles für mich – aber ich nicht für dich.
Ich wollte soviel mehr für dich und mich, soviel mehr.
Du warst immer da und doch nicht an meiner Seite.
Du bist nah und doch so fern –
am Anfang unsere Geschichte
warst du mein leuchtender Stern.
Wir zwei haben uns verändert,
wir entfernen uns immer mehr –
Nähe und Liebe fehlen mir sehr.

Ich frage mich, soll ich festhalten oder loslassen?
Die schönen Erinnerungen verblassen.
Durch die Welt wollte ich mit dir tanzen,
du warst alles für mich, aber ich nicht für dich.
Ich wollte soviel mehr für dich und mich, soviel mehr.

Fühl die Liebe

Ich habe dich gesehen
Und es war um mich geschehen.
Es gibt sie wirklich –
Die Liebe auf den ersten Blick.

Deine Augen strahlten so viel aus
Sie waren wie Magneten –
aus dem Sog kam ich nicht mehr raus.
Dein Lächeln war liebevoll
Dein Mund zum Küssen – einfach wundervoll.
Du konntest Komplimente machen
Und wir konnten zusammen lachen.
Du warst ein stolzer Mann
Jeden Tag zogst du mich in deinen Bann.

Unsere Kulturen waren verschieden
Zärtlichkeiten in der Öffentlichkeit
wurden vermieden.
Doch du standest immer zu mir –
Das bewunderte ich an dir.
Du warst der erste Mann in meinem Leben –
Danke, durfte ich das mit dir erleben.
Endlich fühlte ich, was Liebe ist –
danke, dass du es bist!

Doch unser Glück dauerte nicht lange an –
Ich wusste, der Zeitpunkt kommt irgendwann.
Deine Ehefrau kam und forderte dich ein
Ich fühlte mich mies und klein.
Ich hatte kein Recht auf dich – das wusste ich.
Und doch zersprang mein Herz in tausend Stücke.
Es entstand eine riesige Lücke.

Du kamst noch einmal zu mir –
wir verbrachten noch eine Nacht zusammen
Es war eine Zeit voll Flammen.
Wut, Hass und Liebe – alles in einem
Das wünsche ich keinem.
Ich wusste, das war das Ende meiner großen Liebe.
Es fühlte sich an wie tausend Hiebe.
Noch heute bist du in meinem Herzen –
Ich konnte es nie ganz verschmerzen.

Im Facebook fand ich dich wieder
Doch du schweigst lieber.
Wahrscheinlich ist es besser so –
es verläuft alles im Nirgendwo.
Ich bereu keinen einzigen Tag mit dir
Es war wunderschön und einzigartig.

Hassliebe

Ich arbeitete in einer Bar
Auf einmal stand er da
Etwas korpulent, schwarz angezogen und
nicht gerade freundlich
Einen Cappuccino hätte er gerne.
Ich beobachtete ihn aus der Ferne.

Keine Ahnung, wer er war
Doch er kam jetzt öfter in die Bar.
Er war nicht wirklich charmant –
Ich weiss gar nicht, was ich an ihm fand.
Doch es kribbelte immer mehr – ich mochte ihn sehr.
Eines Abends sagte er mir
Ich soll bei ihm bleiben über Nacht
Nächsten Morgen bin ich neben ihm erwacht.

Du warst jeden Abend da.
Mir fehlte etwas, wenn ich dich nicht sah.

Eine Nacht werde ich nicht vergessen.
Es klingelte und du standest vor der Tür.
Du könntest ohne mich nicht schlafen
Du möchtest immer bei mir sein
Diese Worte erstickten alle vorigen Zweifel im Keim.

Ich verliebte mich sehr –
Es wurde jeden Tag etwas mehr.
Ich hatte lange nicht so empfunden – hatte ich eine neue Liebe gefunden?

Uns trennten Welten – wir waren verschieden
Doch ich hatte mich entschieden.
Ich glaubte an uns und wollte mit dir zusammen sein
Unglaublich, aber wahr –
Wir wurden tatsächlich ein Paar.
Viele Jahre ist das jetzt her.
Wenn ich dich heute anschaue, ist da immer noch ein starkes Gefühl.
Verbundenheit und Demut, Traurigkeit und Wut.
Was verbindet mich mit dir?
Diese Frage stelle ich mir.

Ich kann nicht gehen –
Ich lass unsere Familie nicht einfach stehen.

Die Liebe zu Euch allen ist gross – was mache ich bloss?
Ich spüre Geborgenheit und fühle mich doch verloren.

Ich spüre Zusammenhalt und gleichzeitig gehen wir oft verschiedene Wege.

Du warst immer an meiner Seite und doch
weit weg von mir.
Und doch gibt es immer noch ein WIR.

Da ist was und wird immer etwas sein.
Es geht nicht mit dir aber auch nicht ohne Dich – ich
lasse dich niemals im Stich.

Es war Liebe

Bei mir war es Liebe
Doch es hagelte nur Hiebe.
Ich hätte alles für dich getan –
es wirft mich völlig aus der Bahn.
Du wolltest mir die Sterne vom Himmel holen –
Doch du stahlst dich fort auf leisen Sohlen.

Du hast mir alles genommen –
Ich sehe dich nur noch verschwommen.
Dein Licht wird kleiner und dunkler –
Du ziehst mich nicht weiter runter!

Refrain:
Du warst mein Herz, meine Liebe, mein Stern
Zwischendurch nah und doch so fern
Doch du bist nicht mehr an meiner Seite
Doch du fehlst mir sehr
Ich wollte viel viel mehr

Die schlechten Gedanken kommen schnell
Die Tränen rollen mit aller Gewalt
Ich lass los – einfach los
Was mache ich bloß?

Ich versuche dich zu halten –
doch deine Arroganz wird mich spalten
Die Angst sitzt mir im Nacken –
sie kehrt immer wieder zurück
Es fehlt mein passendes Puzzlestück

Refrain:
Du warst mein Herz, meine Liebe, mein Stern
Manchmal nah und doch so fern
Doch du bist nicht mehr an meiner Seite
Du fehlst mir sehr
Ich wollte viel viel mehr

Ich versuche es zu verstehen
Doch ich denke, ich muss gehen

Die Traurigkeit soll verschwinden
Ich will kein schlechtes Gewissen mehr haben
Die Waagschale ist schief –
ich bin unten und du oben
Ich verliere den Halt und Boden
Ich hätte so viel Liebe zu geben –
Eher Fluch als Segen –
es fehlt das Entscheidende im Leben.

Refrain:
Du warst mein Herz, meine Liebe, mein Stern
Manchmal nah und doch so fern.
Doch du bist nicht mehr an meiner Seite
Du fehlst mir sehr
Ich wollte viel viel mehr

Gottvertrauen

Jemand hat mal zu mir gesagt,
«habe Gottvertrauen»
Das war, als meine Tochter zuhause
einen folgenschweren Sturz hatte.
Meine Tochter erlitt dabei eine Hirnblutung
und einen Knochenriss im Kopf.
Ich bin ehrlich, ich vertraue nicht immer oder genau
genommen nicht sehr oft auf GOTT –
doch in dieser Situation tat ich es.
Meine Tochter hat es gut überstanden.
Und doch hadere ich oft mit dem Schicksal –
verzweifle fast.
Oft denke ich, was soll das, warum musste das passieren?
Dinge passieren im Leben – Gutes wie Schlechtes
Und doch schleicht sich immer wieder die Frage ein
«Warum passieren so viele
schreckliche Sachen auf der Welt?»
Warum werden wir schwer krank
Warum hat fast jeder zweite Krebs, warum bekommen
kleine unschuldige Kinder Leukämie?
Warum sterben täglich Menschen,
oft unter schrecklichen Umständen?
Warum sterben Kinder, weil sie keine Nahrung haben?
Während andere Menschen im öffentlichen Leben
ihre Millionen in die 10. Luxusvilla oder
ins x. Auto investieren?

Diese Menschen sollten mal ein paar Monate
in die armen Länder gehen und sehen,
was Armut bedeutet, was es bedeutet, kein Essen zu
haben, zu betteln ums Überleben.
Aber das zeigt man nicht gern in
den Medien – die Reichen schon.
Da stimmt dann der Spruch:
«Geld regiert die Welt»
Stehen unsere heutige Gier und
Geltungssucht immer an erster Stelle?
Würde es uns nicht mehr zufriedenstellen, wenn wir
mit unseren Mitteln anderen helfen können?
Warum teilen die Superreichen nicht mit den Armen?
Warum ist alles so ungerecht?
Darauf werde ich wahrscheinlich
nie zufriedenstellende Antworten finden –
vielleicht sollte ich aufhören, nach ihnen zu suchen?!
Jemand sagte mir:
«Leben ist Überleben»
Ich habe über diese Aussage lange
nachgedacht und während ich das hier schreibe,
denke ich, in diesen 3 Worten
steckt unheimlich viel Wahrheit!

Ich wäre so gern normal für dich

In meinem Kopf ist eine Autobahn
Ich wäre so gern auf der Überholspur;
schnell und rasant –
Doch du liegst lieber unter Palmen am Strand.
Ich bin immer unter Strom –
du dagegen hockst auf deinem hohen Thron.
Du schnippst mit dem kleinen Finger und jeder rotiert,
jeder Wunsch wird sich sofort notiert.
Mich hingegen hört keiner –
ich fühl mich wertlos und wird immer kleiner.
Ich schreie, bäume mich auf und rebelliere –
jeder ignoriert mich
Was ist los mit mir?
Es gibt kein WIR.
Alle denken, sie ist verrückt ...
Nein, das stimmt nicht ...
aber meine Seele ist bedrückt.

Refrain:
Ich wäre so gern normal für dich –
doch es erfüllt mich nicht
Ich bin einfach anders,
am besten wird sein, ich gehe fort
Anders sein ist besonders
Wann fängst du an, das zu sehen?
Ich geh nicht, ohne mich nochmal umzudrehen.
Ich wäre so gern normal für dich

Du kniest vor mir nieder –
nichts ist dir zu bieder
Du flehst mich an, zubleiben –
doch es wird nicht funktionieren.
Die Enttäuschung wird mich treiben –
ich will nichts mehr investieren
Mein Herz ist gebrochen – ich werde dich verlassen,
das habe ich versprochen
Frei sein und leben –
Das, was ich suche, kannst du mir nicht geben.
Dieses Mal gehe ich und dreh mich nicht mehr um
Alles andere wäre dumm.

Refrain:
Ich wäre so gern normal für dich –
doch es erfüllt mich nicht
Ich bin einfach anders,
am besten wird sein, ich gehe fort
Anders sein ist besonders
Wann fängst du an, das zu sehen?
Ich geh nicht, ohne mich nochmal umzudrehen
Ich wäre so gern normal für dich

Eine Löwin mit Herz

Sie war groß und stark –
ihre Schönheit traf mich bis ins Mark.
Die Augen leuchteten sogar im Dunkeln;
schöner kann ein Diamant nicht funkeln.
Ihr Körper strotzt vor Kraft.
Auf leisen Pfoten schleicht sie sich an –
jetzt ist der Gegner dran.
Stolz erlegt sie ihre Beute;
sticht hervor in der ganzen Meute.
Plötzlich steht sie vor mir und schaut mich an – mein
Herz klopft wild, doch der Blick der Löwin ist mild.
Ich kann mich ihr nicht entziehen,
sollte ich doch eigentlich fliehen.
Doch ich bleibe einfach stehen, ich will nicht gehen.
Die Löwin zieht mich in ihren Bann –
ich wäre gerne wie sie.
Eine Löwin mit Herz,
ohne alte Wunden und Schmerz in der Seele.
Sie schaut mich mit ihren wunderschönen Augen an.
Ich sehe Stolz und Sanftmut, keine Aggressionen oder Wut.
Ihre Pfote legte sich auf meine Hand –
da war ein unsichtbares Band.
Diese Begegnung bleibt unvergessen.
Sie stärkt meine Seele und mein Herz;
das vertreibt jede Art von Schmerz.
In diesem Moment empfand ich Demut –
ich bin stolz auf dich:
Meine Löwin mit Herz

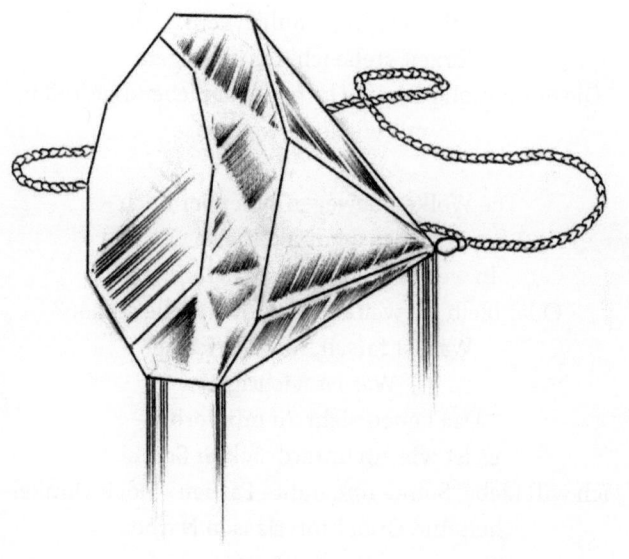

Loslassen

Was hält mich gefangen?
Ich will nicht länger bangen.
Viele Jahre voller Angst und
schlechten Gefühlen –
Ich will nicht mehr in Altlasten wühlen!
Ich will frei sein, fröhlich sein – leben
Zurzeit stehe ich nur im Regen.
Die Sonne soll für mich lachen – der lebendige Teil in
mir wieder erwachen.

Die Wolken bewegen sich über mich –
alles verdunkelt sich
In welche Richtung soll ich gehen?
Oder bleib ich weiterhin auf der Stelle stehen?
Was ist falsch, was ist richtig?
Was ist wichtig?
Das Leben zieht an mir vorbei –
es ist wie ein unterdrückter Schrei.
Ich will Liebe, Sonne und bunte Farben – doch Dunkelheit und Grau hinterlassen Narben.

Schatten und Licht
Regen und Sonne
Hass und Liebe
Hiebe statt Siege
Gewinnt am Ende doch die Liebe?

Ich will pulsieren und leben –
was spricht dagegen?
ICH!!
Nur ich allein – ich fühle mich einfach klein.

Wie ein Tropfen auf dem heißen Stein.
Ich stehe immer wieder auf und
stolpere über Stock und Stein
Irgendwann komme ich heim.

Opfer

Ich will kein Opfer mehr sein
Es fühlt sich an wie ein großer Klotz am Bein.
Ich könnte heulen – Tag und Nacht, meine Seele
schreit nach Liebe und Depressionen
haben große Macht.
Ich will raus, leben, genießen und singen,
doch ich verbringe meine Zeit mit sinnlosen Dingen.
Ich will wieder fühlen und frei sein, doch all diese
Wünsche ersticken im Keim.
Angst und Depressionen sind starke Gegner –
sie haben großen Einfluss auf mein Leben.
Ich stemme mich mit aller Macht dagegen.

Bye bye Angst
Ich lasse dich los – du bist nur ein Gefühl;
du bist nicht real.
Bye bye Angst – lass mich bitte frei,
du bist nicht länger mein Gegner.
Ich nehme dich an, doch irgendwann bist du dran.

Selbstzweifel nagen an mir –
oft frage ich mich, warum bin ich eigentlich hier?
Selbstliebe empfinde ich nicht, jeden Tag schaue ich
in den Spiegel und hasse mein Gesicht.
Die Worte «Du bist schuld»
begleiten mich seit meiner Kindheit,
es ist wie ein roter Faden in meinem Leben –
er ist immer da.
Das ist doch einfach alles nicht wahr.

Bye bye Angst und Depressionen
Lass mich gehen –
ich möchte nicht mehr auf der Stelle stehen.
Der rote Faden soll verblassen –
mich in Ruhe lassen.
Bye bye Angst und Depressionen
Ich stehe auf und fange an zu laufen –
schmeiße all meine Angst
auf einen Sternenhaufen.

Werde ich jemals ankommen?
Werde ich jemals aufhören zu rebellieren?
Ja – eines Tages werde ich meine Krone
richten und brillieren.

Zerrissen

Jeden Tag schaue ich in den Spiegel und denke,
wer sieht mich gerade an?
Eine zufriedene, glückliche Frau oder
die traurige und einsame Person?
Eines haben beide Spiegelbilder gemeinsam –
aufgeben ist keine Option!
Jeden Tag ist mein Kopf am arbeiten,
wenn ich könnte, würde ich die Gedanken
gerne umleiten, ignorieren oder verbannen –
doch es gelingt nur selten.
Realität und Träume trennen Welten.

Oft denke ich, ich sollte dankbar sein, doch die innere
Sehnsucht nach Etwas erstickt es im Keim.
Ich habe eine Familie, Geld, ein Heim – alles ist vorhanden.
Und doch fühle ich mich, als müsste ich notlanden.
Hier ist mein Zuhause, hier lebe ich –
doch etwas macht mich traurig innerlich.
Was fehlt in meinem Leben?
Ich bin völlig zerrissen – keiner schaut hinter die Kulissen.
Meine Träume haben sich aufgelöst,
ich fühle mich entblößt.
Wo sind meine Träume hin?
Sag mir, wer ich bin!
Was macht mich aus?
Ich will Abenteuer erleben, mich auf neue Wege begeben.
Und zu Kompromissen sage ich NEIN –
ich möchte nicht mehr ZERRISSEN sein!

Gewissen

Ich habe ein Gewissen – und das ist nicht immer gut.
Manchmal spüre ich darüber große Wut.
Und doch ist es eine starke Eigenschaft,
denn es erfordert auch Mut!
Mein Gewissen ist nicht immer rein,
doch den letzten Zweifel ersticke ich im Keim.

Das schlechte Gewissen begleitet mich im Alltag
und auch sonst immer.
Es wird schlimmer und schlimmer,
ich verkriech mich ins dunkelste Zimmer.
Lass mich in Ruhe, ich will nichts mehr von dir hören,
hör auf, mich zu stören!

Ich könnte schwören, du bist noch da!

Leben

Auf einmal macht es wumm – ich falle einfach um.
Der Atem und das Herz setzen einfach aus.
Es gibt mich nicht mehr – kein Weg führt mehr heraus.
Ich sehe noch meine Kinder – ihr Entsetzen – ihre Tränen.
Ich will nicht gehen – lieber Gott, hol mich zurück!
Meine Kinder sind mein ganzes Glück.
Ich habe nicht viel vorzuweisen,
außer diese beiden wunderbaren Menschen –
für sie lohnt es sich zu kämpfen.

Lieber Gott, öffne mir die Augen
und lass mich Dankbarkeit und Demut spüren.
Vielleicht öffnen sich dadurch für
mich völlig neue Wege und Türen.

Bis jetzt war Rebellion meine Stärke –
Loslassen und Vergebung meine Schwächen –
lass mich diese Mauern durchbrechen.

Ich sehe die Wolken und Sonne am Horizont,
ich öffne meine Augen – ich kann es kaum glauben.

Ich bin noch da und sage zum Leben JA.
Meine Kinder sind mein größter Schatz –
sie haben in meinem Herz den meisten Platz.

Egoisten

Ich habe viele Egoisten um mich herum –
sie verkaufen mich alle für dumm.
Doch warum? Bin ich es nicht wert?
Das sich keiner um mich schert?
Was ist denn los – es ist wirklich kurios!
Zu mir kommen sie, wenn es Probleme gibt –
wenn sie Sorgen loswerden wollen,
jemanden zum Reden brauchen.
Ich bin gerne für Familie und Freunde da –
doch andersherum machen sich alle rar.
Der eigene Mann geht lieber arbeiten,
an Sitzungen oder verschiedene Vereine –
ich habe stets das Nachsehen und bin alleine.
Die Kinder kommen nur,
wenn sie etwas wollen – dann soll ich ihnen
meine ganze Aufmerksamkeit zollen.
Höre ich mal nicht zu, sind alle sauer –
und der Tonfall wird rauer.
Ich fühl mich trotz Kinder und Mann oft allein
Einsam und leer ist es oft daheim.
Wenn alle da sind, schließen sich die Türen –
das bekomme ich jeden Tag zu spüren.
Oft denke ich, was bedeutet
in der heutigen Zeit Familie?

Sie sollte Liebe, Geborgenheit und
Zusammenhalt bedeuten –
stattdessen suche ich Hilfe beim Therapeuten.
Gamen, Handy und TIK TOK ... Videos drehen –
da wird eine Mutter schnell übersehen.
Auch als Person ernst genommen,
fühle ich mich selten, zwischen meinem Partner
und mir liegen Welten.
Doch, Rebellion bringt mich nicht weiter –
ich bin am Ende doch immer Zweiter.

Steine

In meinem Leben gehe ich über Stock und Stein –
Stelle mir dabei selbst ein Bein.
Kleine Steine spüre ich kaum – sie sind fein.
Doch die großen hinterlassen Spuren und tun weh.

Refrain:
Dieser Weg wird kein leichter sein
Gehe ich fort oder kehre ich heim?
Stimmen werden laut,
doch ich ersticke sie im Keim.
Welchen Weg soll ich gehen?
Wo werde ich gesehen?
Dieser Weg wird kein leichter sein

Da sind meine Kinder –
sie erfüllen mein Herz mit Liebe
Sie sind das Beste von mir –
doch oft stehe ich allein und es gibt kein WIR.
Da ist auch ein Mann; ich habe ihn sehr geliebt –
doch die Beziehung ist wie Dynamit.
Irgendwann sind böse Worte zu viel
und es löst sich ein Ventil.
Dann werden die Gefühle Dämme brechen
und all die verlorene Zeit wird für sich sprechen.

Refrain:
Dieser Weg wird kein leichter sein
Gehe ich fort oder kehre ich heim?
Stimmen werden laut, doch ich ersticke sie im Keim.
Welchen Weg soll ich gehen?
Wo werde ich gesehen?
Dieser Weg wird kein leichter sein.

Schaue ich zurück, dann sehe ich zerbrochenes Glück.
Schaue ich nach vorne, verspüre ich großen Zorn.
Ich habe mich abhängig gemacht –
hätte ich früher nie von mir gedacht!
Ich habe gelebt, war frei und habe nicht
viel gegrübelt und studiert –
da hat Spontanität und Abenteuerlust
mein Leben diktiert.
Jetzt bestimmen Angst und Zweifel mein Leben.
Diese Fesseln müssen weg –
sie erfüllen keinen Zweck.

Refrain:
Dieser Weg wird kein leichter sein
Gehe ich fort oder kehre ich heim?
Stimmen werden laut, doch ich ersticke sie im Keim.
Welchen Weg soll ich gehen?
Wo werde ich gesehen?
Dieser Weg wird kein leichter sein

Die Autorin

Nicole Ottersberg ist 44 Jahre jung und wurde in Ostfriesland an der Nordsee geboren.
Sie lebt seit fast 20 Jahren in den Schweizer Bergen und hat dort eine Familie gegründet.
Ihre großen Leidenschaften sind Schreiben, Malen und Fotografieren der wunderschönen Natur mit all ihren Facetten.
Autorin zu werden, ist ihr großer Traum.

Der Verlag

novum VERLAG FÜR NEUAUTOREN

> *Wer aufhört
> besser zu werden,
> hat aufgehört
> gut zu sein!*

Basierend auf diesem Motto ist es dem novum Verlag ein Anliegen, neue Manuskripte aufzuspüren, zu veröffentlichen und deren Autoren langfristig zu fördern. Mittlerweile gilt der 1997 gegründete und mehrfach prämierte Verlag als Spezialist für Neuautoren in Deutschland, Österreich und der Schweiz.

Für jedes neue Manuskript wird innerhalb weniger Wochen eine kostenfreie, unverbindliche Lektorats-Prüfung erstellt.

Weitere Informationen zum Verlag und seinen Büchern finden Sie im Internet unter:

w w w . n o v u m v e r l a g . c o m